E
Lib

Liberto, Lorenzo.

Matt the Rat and his
magic cloud.

$20.00

DATE			

The Matt the Rat Series / La Serie de Ratón Mateo

Matt the Rat and His Magic Cloud:
A Day at School

Ratón Mateo y Su Nube Mágica:
Un Día de Escuela

by/por Lorenzo Liberto

illustrated by/ilustrado por Irving Torres

editor/editora Rocío Gómez

Harvest Sun
PRESS
LAS CRUCES · NEW MEXICO

ISBN: 0-9743668-0-3

Manufactured in the United States of America

ACKNOWLEDGEMENTS
We wish to show our appreciation to Francisco and Adelina Almanza for their help.
Also, a special thanks goes to Dr. Elsy Fierro Suttmiller, Dorismel Díaz-Pérez, Ana Delgado,
Tizziana Valdivieso-Carmona, and Juan Carlos Medina.

Library of Congress Cataloging-in-Publication Data

Liberto, Lorenzo.
  Matt the Rat and his magic cloud : a day at school / by
Lorenzo Liberto ; illustrated by Irving Torres ; editor, Rocío
Gómez = Ratón Mateo y su nube mágica : un día de escuela
/ por Lorenzo Liberto ; ilustrado por Irving Torres ; editora,
Rocío Gómez.
    p. cm. -- (The Matt the Rat series = La serie de Ratón
Mateo)
  Summary: Matt the Rat imagines a magic cloud that stays
with him throughout his day at school.
  ISBN 0-9743668-0-3 (lib. bdg. : alk. paper)
  [1. Imagination--Fiction. 2. Clouds--Fiction. 3. Schools
--Fiction. 4. Rats--Fiction. 5. Stories in rhyme. 6. Spanish
language materials--Bilingual.]   I. Torres, Irving, ill. II.
Gómez, Rocío. III. Title. IV. Title: Ratón Mateo y su nube
mágica. V. Series: Liberto, Lorenzo. Matt the Rat series.
PZ73.L489 2004
[E]--dc22
                                 2003017151

INTRODUCTION

Join a new friend on a flight upon a magic cloud. Break open a piñata to discover a shower of colorful images and rhymes. Meet Matt the Rat as he takes you on an enchanted journey through a wonderful day of school with a magic cloud, a curious gopher, and other friends. Matt's special day is a bilingual story told in English and Spanish in a lyrical style that rhymes for everyone to enjoy.

Both languages carry the same energy and charming ideas in this story, and each language comes alive independently. The careful, dependable translation is flexible, thus resulting in ease of reading. Educators, parents, and children alike will benefit from the rhyming passages of the two languages side by side and will delight as the characters provide entertainment through the vibrant illustrations. Read and share the magic of this and all of Matt's other books for a new and captivating experience in language development.

INTRODUCCIÓN

Acompañen a un nuevo amigo en un vuelo sobre una nube mágica. Rompan una piñata para descubrir un mundo lleno de imágenes y rimas coloridas. Conozcan a Ratón Mateo mientras los lleva en un viaje encantador en un día escolar extraordinario con una nube mágica, un topo curioso, y otros amigos. Este día especial de Ratón Mateo es un cuento bilingüe relatado en inglés y español en un estilo lírico rimado para el goce de todos.

Ambos idiomas llevan la misma energía e ideas encantadoras en este cuento, y cada lengua adquiere vida independientemente de la otra. La traducción esmerada y fiable es flexible, dando facilidad y fluidez a la lectura. Docentes, padres y madres, niños y niñas por igual se beneficiarán de los pasajes rimados en los dos idiomas lado a lado, y se deleitarán con los personajes que entretienen por medio de las atractivas ilustraciones. Lean y disfruten la magia de éste y todos los libros de Ratón Mateo para una nueva y fascinante experiencia en el desarrollo del lenguaje.

Imagine what a magic cloud might do,
coming down from the sky just to be with you.
Matt the Rat can imagine that!

Imagínate lo que una nube mágica podría lograr,
si bajara del cielo para contigo estar.
¡Ratón Mateo se lo puede imaginar!

Imagínate una nube mágica que vuela;
te levanta en el aire y te lleva a la escuela.
¡Ratón Mateo se lo puede imaginar!

Imagine a magic cloud so cool,
picking you up and taking you to school.
Matt the Rat can imagine that!

Imagine, at recess,
  playing a game of hide-and-seek,
and your magic cloud
  won't allow you to peek.
Matt the Rat can imagine that!

Imagínate, en la hora del recreo,
  juegas a las escondidas,
y tu nube mágica
  no te permite que veas.
¡Ratón Mateo se lo puede imaginar!

9

Imagínate, en la biblioteca,
  leyendo un libro nuevo, calladito.
Tu nube mágica también
  escoge un libro favorito.
¡Ratón Mateo se lo puede imaginar!

Imagine, in the library,
   quietly reading a book that's new,
and your magic cloud
   chooses a favorite book, too.
Matt the Rat can imagine that!

11

Imagine, at the playground,
swinging way up high,
and there's your magic cloud
to give you a high-five.
Matt the Rat can imagine that!

Imagínate, en el patio,
   columpiándote. Vienes y vas.
Encuentras a tu nube mágica
   y un saludo le das.
¡Ratón Mateo se lo puede imaginar!

13

Imagínate el día de las fotos,
 sonriendo y diciendo, "Sonrisa."
Tu nube mágica estornuda fuerte,
 "¡Ay! Perdóname."
¡Ratón Mateo se lo puede imaginar!

Imagine, on picture day,
 smiling and saying, "Cheese."
Then your magic cloud lets out a big sneeze,
 "Oops! Excuse me, please."
Matt the Rat can imagine that!

Imagine eating pepperoni pizza for lunch,
and suddenly someone is drinking all your punch.
Matt the Rat can imagine that!

16

Imagínate comiendo pizza de pepperoni en el almuerzo, y de repente alguien está tomándose tu refresco.
¡Ratón Mateo se lo puede imaginar!

Imagínate, en un paseo al zoológico
para ver los animales.
"Con permiso, mi nube y yo
queremos saludarles."
¡Ratón Mateo se lo puede imaginar!

Imagine, on a field trip,
seeing all the animals at the zoo.
"Excuse me, my magic cloud and I
want to say hello to you."
Matt the Rat can imagine that!

19

Imagine it's a rainy day,
and inside everyone must stay.
But someone special has a game
that all the kids can play.
Matt the Rat can imagine that!

Imagínate que es un día lluvioso
y adentro todos se quedan.
Alguien especial tiene un juego
que todos juegan.
¡Ratón Mateo se lo puede imaginar!

Imagínate un amigo en la clase,
  celebrando su cumpleaños hoy.
La piñata ya está y el palo también.
  Fíjense como le doy.
¡Ratón Mateo se lo puede imaginar!

Imagine a birthday party
for a friend in your class.
The piñata is ready and so is the stick.
Watch me give it a smash.
Matt the Rat can imagine that!

Imagine going to see the nurse.
Your head feels bad, your tummy even worse.
A little scared, you sit in the chair,
but your magic cloud is always there.
Matt the Rat can imagine that!

Imagínate que vas enfermo a la enfermería
  con un dolor de cabeza y tu pancita peor todavía.
Te sientas en el sillón y estás asustado,
  pero tu nube mágica siempre se encuentra a tu lado.
¡Ratón Mateo se lo puede imaginar!

Imagínate, después de un día largo de estudiar y de jugar,
la campana de repente muy fuerte empieza a sonar.
Entonces Ratón Mateo y su nube mágica
se ponen de pie a cantar.
¡Ratón Mateo se lo puede imaginar!

Imagine, after a long day of work and play,
the school bell starts to ring.
That's when Matt the Rat and his magic cloud
both stand up to sing.
Matt the Rat can imagine that!

27

Imagine, at the end of the day,
 your magic cloud is ready to say goodbye.
With a smile on your face, you wave, "Bye-bye,"
 and your cloud begins to cry.
Matt the Rat can imagine that!

Imagínate, al final del día,
   tu nube mágica está lista para regresar.
Con una sonrisa, te despides, "Adiós,"
   y tu nube se pone a llorar.
¡Ratón Mateo se lo puede imaginar!

Imagínate si todo esto fuera cierto,
y la nube mágica de Ratón Mateo
 fuera tu nube mágica también.
Entonces, Ratón Mateo te preguntaría:
"Si tú tuvieras una nube mágica, ¿qué crees que haría?"

Imagine if all this were true,
and Matt the Rat's magic cloud
 was your magic cloud, too.
So Matt the Rat has just one question for you.
"If you had a magic cloud, what would it do?"

THE END.......... FIN

Glossary* / Glosario*

Páginas / Pages 4 & 5

to hug: abrazar
lollipop: paleta
fish: pescado
butterfly: mariposa
flowers: flores

Páginas / Pages 6 & 7

to smile: sonreír
bus: camión o bus
pencil: lápiz
sunglasses: lentes de sol o
  anteojos de sol
tires: llantas

Páginas / Pages 8 & 9

to hide: esconderse
to run: correr
tree: árbol
hat: gorro/a
slide: resbaladero

Páginas / Pages 10 & 11

to read: leer
books: libros
chair: silla
table: mesa
library: biblioteca

Páginas / Pages 12 & 13

to play: jugar
to fly: volar
swings: columpios
hands: manos
high: alto

Páginas / Pages 14 & 15

to sneeze: estornudar
pictures: fotos
cheese: queso
watch: reloj

Páginas / Pages 16 & 17

to drink: beber o tomar
to eat: comer
straw: popote o pitillo
glass: vaso
gelatin: gelatina

Páginas / Pages 18 & 19

to wave: saludar
people: gente
balloons: globos
monkeys: monos o changos
rocks: piedras

Páginas / Pages 20 & 21

to rain: llover
window: ventana
chalkboard: pizarrón o
  pizarra
clock: reloj
umbrella: paraguas

Páginas / Pages 22 & 23

to hit: pegar
candy: dulce
stick: palo
rope: cuerda
party: fiesta

Páginas / Pages 24 & 25

to get sick: enfermarse
temperature: temperatura o
  calentura o fiebre
headache: dolor de cabeza
nurse: enfermera
sad: triste

Páginas / Pages 26 & 27

to sing: cantar
desk: escritorio
pen: pluma
teacher: maestro/a
music: música

Páginas / Pages 28 & 29

to wave goodbye: despedirse
to cry: llorar
tears: lágrimas
hole: hoyo
shoelaces: agujetas

Páginas / Pages 30 & 31

to sit: sentarse
clouds: nubes
dolphin: delfín
turtle: tortuga
rabbit: conejo

* Find and match the words and phrases
in the glossary with what is in the story
and illustrations.

* Busca las palabras y frases en el glosario
que corresponden al cuento y las ilustraciones.

32